Rolf Dobelli

Turbulenzen

777 bodenlose Gedanken

Diogenes

Umschlagillustration nach Fotos
von Stefan Ruiz (Hintergrund)
und Jonathan Kress (Verkehrsschild)
Copyright © 2006 Colors Magazine s.r.l.,
Ponzano Veneto (TV), Italien
Website und E-Mail-Adresse des Autors:
www.dobelli.com
rolf@dobelli.com

www.diogenes.ch
80/07/44/1
ISBN 978 3 257 06594 7

o

Seit 41 Jahren suche ich den Durchgang, der hinter die Kulissen führt.

I

Ich schenke Vertrauen, dann bin ich es los.

Wirf den Stein als Letzter. Du kannst aus den Fehlern der anderen lernen und triffst genauer.

Licht ist, wo die Dunkelheit sich ausruht.

Als Fledermaus würde ich in der Finsternis alles erkennen, außer gedruckte Buchstaben.

Allradangetrieben in Miami im Stau stecken.

Ich bin der Monopol-Anbieter meiner Gefühle. Darum die miserable Qualität.

Sich einmal richtig ausweinen, einmal die Badewanne mit Tränen füllen, und dann nie mehr traurig sein.

Der im goldenen Käfig denkt: Wenn der Goldpreis steigt, steigt mein Wert.

Maniküre für die Hand des Schicksals.

Gegen nichts bin ich so gut versichert wie gegen den Freudentaumel.

Gesucht: die Börse, an der man äußeren gegen inneren Reichtum tauschen kann.

Miami ist von allen komplizierten Flughäfen der einfachste.

Einen Märtyrertod sterben, aber nicht ganz, damit man noch etwas vom Ruhm hat.

Will ich Platz nehmen, sitzt er schon auf meinem Stuhl. Will ich mich ins Bett legen, liegt er schon da. Er steht genau an dem Ort, wo ich auch habe stehen wollen. Man kann nicht verreisen, immer ist er schon da. Der meinen Platz eingenommen hat. Er.

Je mehr Möglichkeiten mir offenstehen, desto mehr Zeit verschwende ich damit, sie zu schließen.

Man müsste, um mich ernst zu nehmen, sehr unernst sein.

Er steht nicht gern Schlange. Noch weniger für den Rückflug nach Zürich. Aber er glaubt, er steht ein bisschen lieber Schlange als die anderen. Das macht ihn ein bisschen glücklich. Und so macht es ihm vergleichsweise wenig aus, Schlange zu stehen.

Er hat seiner Computer-Maus einen Namen gegeben.

Die Hoffnung begraben, damit man sie an schlechten Tagen wieder ausgraben kann.

Lieber gute Äußerlichkeit als schlechte Innerlichkeit.

Gern würde ich mich der Grenze meiner Geduld mal von der Seite der Ungeduld her nähern.

Vor mir: Sie kann nicht ohne Übergepäck reisen. Beim Check-in wird der Mann mit einem Blick bestraft, der ausdrücken will: Schon wieder einer, der seine Frau nicht im Griff hat.

Dem könnte er höchstens begegnen, indem er seine Frau vor den Augen der Check-in-Dame zwingen würde, die Kosten für das Übergewicht selbst zu begleichen. Aber wenn er das könnte, dann könnte er sie auch zwingen, ohne Übergepäck zu reisen.

Ich gebe mich nachdenklich. Es befreit mich von der Erwartung, es wirklich zu sein.

Jubelnd stürzt er sich in seine Karriere, und jubelnd entsteigt er ihr auch wieder. Dazwischen liegt Verdun.

Der Flughafen ist von Abschieden durchtränkt, die sich im Boden abgelagert haben und die man, wenn man stehenbleibt, in sich aufsteigen spürt. Ich schreite jedes Mal so schnell wie möglich durch die Hallen, damit ich nicht zu heulen anfange.

Vor dem Gate stehen die Schlangen Mensch.

Zutritt für Unbefugte erlaubt.

Ich bin das Tal, durch das sich der Zeitfluss gräbt.

Nichts ist mir vollkommen fremd. Ich kann verreisen, so weit ich will. Stets dieser Mief des Bekannten.

Der Mief bin ich.

Ich stürze zusammen mit Microsoft täglich ab.

Zeigt Gefühle! Auch die nicht vorhandenen.

Im Geld schwimmen und dann vor Erschöpfung ertrinken.

Paradies: Kongruenz von Denken und Fühlen.

2

Ein offener Geist! Ständig verliert er Gedanken.

Vielleicht müsste man den Unsinn des Nichtlebens suchen statt immer umgekehrt.

Es quält den Selfmademan ein Leben lang, dass er sich nicht selbst gezeugt hat.

So viel wie der reist, muss man gar nicht reisen.

Ich bin in zu viele Missverständnisse und Irrtümer verstrickt, als dass es mir langweilig werden könnte. Meine Irrtümer sind mein bestes Unterhaltungsprogramm.

Weil ihr mich missversteht, schlage ich zurück, indem ich euch auch missverstehe.

Niemand möchte sein Glück und sein Leid mit ihm teilen. Es wäre ein schlechter Deal.

Wie ich neue Gedanken aufnehme? Durch die Lücke im Gedächtnis.

Ohne das Beispiel der Vögel keine Inspiration zum Fliegen und damit keine Flugindustrie. Welche Tiere fehlen uns heute, ohne die es nie zu einem Industriezweig kommen wird?

Er hatte so viele Denkfehler, dass alles wieder Sinn machte.

Meine Handlungen sind Auflockerungen meiner Handlungsunfähigkeit.

Tortur: Gruppentherapie für Einsiedler.

Sich von der Welt verabschieden und dann nicht verschwinden.

Er hofft, irgendwann einmal einer hinreißenden jungen Frau das Leben retten zu können.

Ich bin froh, dass ich nicht Lehrer geworden bin. Oder Anwalt. Oder Automechaniker. Oder Fußballer. Oder Politiker. Oder Nachrichtensprecher. Oder Werbetexter. Ich bin glücklicher über das, was ich nicht geworden bin, als über das, was ich geworden bin.

Aus den Greueltaten Kapital schlagen. Dann wäre man Millionär.

Seine Arbeit besteht, wie bei vielen Menschen, hauptsächlich aus Projekten, die früher oder später zwangsläufig im Sand verlaufen. Und doch verläuft seine Arbeit nie im Sand, weil es immer genug Projekte gibt, die gestartet werden wollen. Nur der Projektgehalt im Sand nimmt laufend zu.

Vielleicht wird Sex mit dem Alter wieder einmal wichtig...

Es wäre mir sehr angenehm zu wissen, dass man die Gefangenen in Platons Höhle nach den Regeln der Genfer Konvention behandelt hat.

Ohne Zufall hätte ich es zu nichts gebracht.

Bei dickem Nebel bin ich ein Wolkenkratzer. Nur sieht mich dann niemand.

Immer will ich etwas, und etwas anderes kommt dabei heraus. Man müsste wollen, was herausgekommen ist. Dann wäre man glücklich.

Wie unergiebig die Vorstellung, dass die Welt aus einem einzigen großen Urknall heraus entstanden ist. Wie viel ergiebiger wäre die Entdeckung, wenn der Mensch, jeder einzelne, aus einem kleinen, privaten Urknall entstanden wäre.

Was nicht ist, überrascht mich mehr, als was ist.

Ein Airbus mit 230 Tonnen in der Luft – auch nach unzähligen Flügen eine Tatsache, die mich verwundert. Wo mich das gleiche Gefühl beschleicht: Beim Anblick des Mondes (1,3 Trillionen Tonnen Gestein), der seit Jahrmillionen nicht auf die Erde fällt.

Irgendwann im Alter, an einem ganz gewissen Punkt, überholt sein Altern sein Bewusstsein des Alterns. Von dem Punkt an beginnt er sich systematisch zu belügen. Eine Lüge, die nur dadurch aufgehoben wird, dass ihm der Tod das Bewusstsein entzieht.

Erst wenn ich mich in einer Sache täusche, erkenne ich ihre Bedeutung.

Gesucht: Jemand, der all das ist, was ich nicht bin.

Nichts nimmt er so ernst wie das Sichsorgen. Am meisten sorgt er sich über den drohenden Zustand der Sorglosigkeit. Aber dann würde er halt zum Beispiel in der Dritten Welt ein Krankenhaus eröffnen, um ein bisschen Leid persönlich zu importieren.

Im Niemandsland war er endlich jemand.

Er geht verschwenderisch mit seiner Armut um – und wird reich.

Die Erfüllung ist Mord an der Sehnsucht.

Sehnsuchtsucht.

Von dem, was mich beschäftigt, ist das meiste trivial. Mit nicht-trivialen Dingen werde ich mich dann beschäftigen, wenn ich mit dem Trivialen durch bin.

Wenn Gott will, kann er von mir aus unserem Gesellschaftsvertrag beitreten.

Ich will mit hundert Armen ins Nochnichtvorhandene greifen.

Wir sind vom Leben überzeugt wie von einer steigenden Aktie.

Es wäre ein Zeichen von Hoffnung, wenn mir auf dem Weg ins Jenseits Leute entgegenkämen.

Paradies: ohne Verletzungsgefahr mit dem Kopf durch die Wand.

3

Fasten seat belt while seated. LIFE located under your seat.

Wenn du tief genug fällst, hört man den Aufschlag nicht.

Das Ziel beim Verhandeln ist nicht zu gewinnen, sondern den anderen glauben zu machen, er habe gewonnen – den anderen sogar glauben zu machen, er hätte mich glauben gemacht, ich hätte gewonnen.

Es muss an der Verhandlungstaktik liegen, dass der Tod immer siegt.

Das Handeln ist wie eine Befreiung vom Nachdenken. Darum handelt er.

Wenn der Kopf nicht bei der Sache ist, ist er bei einer anderen Sache. Das ist beim Herz anders.

Erst das Gefühl, glücklich zu sein, gibt mir das Gefühl, glücklich zu sein.

Er trifft Anweisungen auf eine Art, die keine Rückschlüsse auf seinen Seelenzustand zulässt. Es ist, als hätte sich ein Befehl von selbst erschaffen.

Mein Verhältnis zu den anderen war schon immer besser als das Verhältnis zu mir selbst. Die anderen glauben meinen Bluff. Ich nehme mir nicht einmal die Wahrheit ab.

An Bord ein Jude, der vor dem Start seine Gebete hochschickt. Er betet für alle, auch für mich, anders geht es gar nicht.

Ich ziehe es vor zu empfinden, wofür es keine Wörter gibt.

Das Leben als Film. Seit seinem 35. Geburtstag wartet er darauf, dass die Spule irgendwann reißt. Jetzt ist er 41 und die Spule noch immer nicht gerissen. Sie dreht sich bloß schneller. Der gleiche Film mit dem gleichen Personal im gleichen Plot. Wo ist der Verantwortliche, den man bestechen müsste, um die Filmrolle zu zerreißen – oder muss man zu ihm beten?

In der vierten Person Einzahl.

Wenn es zwischen dem Alter und dem Tod eine Zwischenstufe gäbe, wäre das Alter nur halb so schlimm.

Es genügt nicht, wenn ich sage: Ich will das nicht. Das Nichtwollen verlangt nach Gründen. Das Wollen hingegen ist immer schon grundlos legitimiert. Darum mein lästiges Übertreiben beim Nichtwollen.

Mit 41 werde ich zum Virtuosen des Nichtwollens.

Ich stimme oft Meinungen zu, die ich nicht verstehe, einfach damit ich meine Ruhe habe. Die Ruhe bedeutet mir mehr als die Meinungen.

Unerklärlich, weshalb die Flight Attendants vor jedem Flug unermüdlich die Funktion der Sitzgurte demonstrieren. Wer atmen kann, dürfte verstanden haben, wie man sich anschnallt. Trotzdem wird vorgeführt, als würden sie sich selbst vorführen und nicht die Gurte.

Rückzug: Sich selbst in Frage stellen, um anderes nicht in Frage stellen zu müssen.

Gäbe es Gold nicht, käme niemand auf den Gedanken, es zu wollen. Unsere Wünsche sind nichts als Variationen des Bestehenden.

Aus rein praktischen Gründen verliebe ich mich spontaner in Ideen als in Frauen. Ideen entwickeln keine Anspruchshaltung. Und ich kann sie lieben, ohne von ihnen zurückgeliebt werden zu wollen.

Ich möchte mich an Tagen, an denen ich nicht voll da bin, auflösen und mich an besseren Tagen wieder konstituieren – um dann doppelt da zu sein.

Morgen. Immer morgen. Immer sollen sich die Dinge morgen erfüllen. Warum nicht heute? Was haben die Erfüllungen gegen heute?

Wäre die Luft nicht gratis, würde ich mich zwingen, weniger tief zu atmen.

Geduld – das Sekret der Verlierer.

Nichts zu danken. Man bleibt am Schluss noch auf einem Dankesberg sitzen.

Nicht, was ich in diesen 41 Jahren falsch gemacht habe, sondern was ich nicht gemacht habe, lastet wie eine Schuld auf mir.

In den Überfluss hineinproduzieren. Nicht nur im Geschäft. Auch mit den Gefühlen.

Radikal anders denken, bis einem die Gedanken gänzlich unverständlich werden.

Immer steht er knapp davor, ein großes Werk zu schreiben, eine große Erfindung zu machen, den großen Deal abzuschließen. Immer knapp vor dem Durchbruch. Sein ganzes Leben besteht daraus, den Durchbruch möglichst nicht hinter sich zu bringen.

Mit einem Ersatzleben nach draußen, um das richtige nicht zu beschmutzen.

Weil der 41-Jährige keine Fehler mehr macht, schließt er den Durchbruch systematisch aus.

So gern würde ich das viele kleine Glück gegen das eine große eintauschen.

Paradies: Erleben ohne Aufwand.

4

Um meine Worte zu relativieren, lass ich ihnen Taten folgen.

Vom Flugzeug aus gesehen: Dampf aus dem Kernkraftwerk wie ein hübsches Sahnehäubchen. Bedrohlich wirkt die Welt nur im Wissen.

Könnten wir unser Augenpaar spreizen wie unsere Arme, hätten wir ein besseres Empfinden für Distanzen.

Der geglückte Plan ist ein bloßer Spezialfall des wütenden Zufalls.

Nach so vielen Jahren Betriebssicherheit könnten wir uns langsam eine Katastrophe leisten.

First Class. Flug nach Osten in die Nacht hinein, der 10 Stunden dauert. Man liegt in Wolldecken wie ein Kranker. Immer ist die Stewardess da und füllt Wasser nach. Im Cockpit muss die Herzschlag-Kurve auf dem Bildschirm zu sehen sein.

Die schönste Illusion, dass man ankommt, bevor man stirbt.

Immer wollen alle von A nach B. Ich wäre schon glücklich, einmal nach A zu kommen.

Wenn der Weg das Ziel ist, kann es auch der Rückweg sein.

Wo ein Weg, da ein Wille.

Sobald Gott tot ist, machen alle auf Erfolg.

Jeden Tag kommen dreihunderttausend mögliche Konkurrenten auf die Welt.

Wenn er weint, weint er nur noch Siegestränen.

Langfristziel: erfolgreich gewesen sein werden.

Sein Leben hat so viel Schwung, dass es ihn ständig aus den Kurven wirft.

Ich, der einzige Erfolglose in einer Gesellschaft Erfolgreicher. Nicht so schlimm. Ich würde als Kuriosum in allen Talkshows auftreten. Man würde mich als Rarität vermarkten und mich dadurch unweigerlich aus dem Zustand der Erfolglosigkeit herauskatapultieren. Erfolglosigkeit als Dauerzustand bedarf anderer Erfolgloser. Ein Erfolgloser ist kein Erfolgloser.

Weber Max: Der ethische Protestantismus und das Kapital des Geistes.

Hart arbeiten, damit auch die anderen hart arbeiten.

Nichts ist ermüdender als die Vorbildfunktion. Wie ich mich danach sehne, blind einem Führer hinterherzulaufen.

Inhuman-Resources-Abteilung.

Erfolg im Allgemeinen, aber keiner im Besonderen. Man könnte nicht mit ausgestrecktem Finger hineinzeigen und sagen: Darin liegt sein Erfolg begründet. Man müsste vielmehr ins Nichts zeigen.

Einfacher, aus Fehlern zu lernen als aus Erfolgen. Fehler offenbaren die Lehren unmittelbar. Bei den Erfolgen habe ich stets das Gefühl, sie wollten mich verarschen.

Ich hüte mich davor, mit meinen Mitarbeitern persönlich zu werden. Sonst werden sie auf einmal zu Freunden. Und als Freunde sind sie keine richtigen Mitarbeiter mehr. Ein Großteil meines Managements besteht aus dem aktiven Vermeiden von Freundschaften.

Um meine Ziele zu erreichen, zeige ich mich gern verwundbar, aber nur an Stellen, wo ich's nicht bin.

Er liebt seine Mitarbeiter so, wie man Haustiere lieben kann.

Gegenüber sich selbst kann er ganz schön hart sein. So hart kann er sonst nur gegenüber anderen sein.

Wäre ich sensibler, würde irgendetwas anderes darunter leiden.

Betriebsklimaprognose.

Er gibt sich so transparent, dass er plötzlich unsichtbar wird.

Alle appellieren immer an mein Verständnis – als wäre ich eine riesige Verständnismaschine. Von allen Sätzen, die an mich herangetragen werden, sind mir die appelllosen die liebsten.

Man kann nicht immer nur fordern, man muss auch einmal geben, fordern Arbeitgeber.

Topmanagement: sich selbst motivieren, andere zu motivieren, andere zu motivieren, andere zu motivieren, andere zu motivieren.

Was wir brauchen, sind nicht bessere Führungskräfte, sondern bessere Untergebene!

Gott wäre in jedem Führungsseminar durchgefallen.

Gegenüber dem Leben hat die Arbeit den Vorteil, dass sie nie ausgeht.

Nach dem Niedergang der Textilindustrie die Krise der Banken. Womit wir in Zukunft handeln werden? Export von Sinn?

Das Nebensächlichste am Konsum ist der Bedarf.

Wie sich im Leben gegen feindliche Übernahmen schützen?

Sein Expansionsdruck ist so hoch, dass er sich bereits heute überlegt, Filialen auf den anderen Planeten zu eröffnen, einfach um präsent zu sein, wenn's dann losgeht mit der Besiedlung.

Man überholt mich auf unsichtbaren Spuren.

Manch einem täte es gut, seine Karriere in umgekehrter Richtung zu durchlaufen.

Seine Untergebenen sollen ihn mal motivieren statt immer umgekehrt!

Er telefoniert grundsätzlich mit geschlossenen Augen – und erwartet dasselbe vom Gesprächspartner.

Erst wenn ich aus deinem Schatten getreten bin, kann ich einem anderen das Licht stehlen.

Der oft Jahrzehnte währende, mit dem Eintrittsgespräch beginnende Absturz einer Karriere.

Die Arbeit ist der Nachteil am Job.

Er hat sich immer als Macher gesehen, bis er einmal zurückgeschaut hat. Jetzt hat er Mühe, ein Wort zu finden, das ihm entspräche.

Paradies: nein sagen, ohne nein zu sagen.

5

So mühelos, wie ich, im First-Class-Sitz liegend, mich bewege, wenn ich mit den Gelenken der Sitzsteuerung spiele, so mühelos möchte ich mich außerhalb des First-Class-Sitzes bewegen.

Die größte Befriedigung ziehe ich aus der Tatsache, dass das Leben voller Interpretationsspielräume ist – Spielräume so groß wie Hallenstadien.

Ich möchte gern einmal an den Ort reisen, wo sich Angebot und Nachfrage treffen. Ich möchte gern einmal an dieses Treffen eingeladen sein.

Gesucht: jemand, der aus meinen Fehlern lernt.

Am liebsten verstecke ich mich hinter meinem wahren Charakter.

Chicken or Beef? – Diese Frage wird von Flight Attendants täglich dreißigmillionenmal gestellt und müsste für den extraterrestrischen Besucher als die zentrale Frage der Erde gelten. Nicht einmal die Frage nach dem Lebenssinn wird auf Erden so häufig gestellt.

Man bestraft die Passagiere geradezu mit schlechtem Essen und schlechter Gesellschaft.

Diese Nachrichtenmeldung wäre ein Schock für mich: »Das Nichtvorhandene ist weitaus geringer als das Vorhandene.«

Wer sein Innenleben ständig nach außen kehrt, wird innerlich leer.

Sein Horizont war so weit, dass er ihn nur spärlich mit Inhalten füllen konnte.

Es wäre die größte Niederlage, herauszufinden, dass, was ich als meine Berufung erkenne, von anderen berufen worden wäre.

Er schwimmt so tapfer gegen den Strom, bis der Strom zu seicht wird, um darin zu schwimmen.

Wer gegen den Strom schwimmt, muss sich an jedem Zusammenfluss für eine Richtung entscheiden.

Manager sein, heißt, die Pfeile des Jenseits ins Diesseits umzubiegen.

»Die Umsetzung muss die Vision einholen«, meint der CEO. »Nein, überholen!«, meint der Unternehmensberater.

Jede Entscheidung des Topmanagements wird mit Powerpoint-Präsentationen und Kickoff-Meetings verziert. Eine sehr barocke Art der Unternehmensführung.

Wer von den Mitteln die Ziele ableitet, hat den höchsten Zielerreichungsgrad.

Woher die Probleme nehmen für die unzähligen Lösungsvorschläge?

Ein anständiger Stakeholder-Ansatz, und Galilei wäre der Konflikt mit dem Papst erspart geblieben.

In der Firma ist alles strengstens reglementiert. Jede Ausnahme, auch die kleinste, erweckt damit den Anschein, als stecke ein tieferer Sinn dahinter.

Die Konzernleitung hat etwas nach unten zu kommunizieren. Ich bin gespannt wie ein Regenschirm.

In dieser Firma stimmt alles – nur das Ganze nicht.

Es soll Firmen geben, die halten sogar ihre Firmennamen geheim.

Um erfolgreich zu sein, musst du mindestens 50 % deiner Arbeitszeit in office politics investieren. Dieser Tipp hat ihm so viel Erfolg gebracht, dass er jetzt zu einer Firma wechselt, wo er zu 100 % office politics spielen darf.

Er sägt den Ast ab, auf dem er sitzt, aber nur von einem Baum, der schon am Boden liegt.

Statt neue Gedanken zu empfangen, wünsche ich mir, alte abzustoßen.

Um etwas zum Verschwinden zu bringen, muss man es vergessen.

Immer häufiger, etwa in Diskussionen, erkenne ich, dass ich nichts wirklich durchdacht habe. Ich plaudere dann flott der Oberflächlichkeit entlang, plaudere, dass es mich innerlich fast zerreißt. Der Muskel, der diese Spannung aushält, wird stärker mit jedem Jahr.

Business-Semantik. Selbst der Totalbankrott ist nicht ein Problem, sondern eine Chance.

Die Illusion als Illusion verkaufen, und schon vermutet man Wahrheit dahinter.

Wenn ich mir schon die Mühe mache, mich in die Lage des Kunden zu versetzen, so kann man doch erwarten, dass der sich auch mal in meine Lage versetzt.

Ich möchte mich verästeln wie ein Baum und in allen Ästen zwitschernde Vögel tragen. Dann könnte ich mir die gekaufte Musik ersparen.

Wenn wenigstens seine Erwartungen an die Welt die Erwartungen der Welt an ihn übertreffen würden.

Sich verkaufen liegt ihm nicht. Lieber wartet er darauf, dass er eines Tages entdeckt wird. Er will der Welt die Freude einer großen Entdeckung nicht vorenthalten.

Dem Gelegenheitsdieb die Gelegenheiten stehlen.

Mit 41 komme ich mir wie eine Labormaus vor. Nur gelingt es mir nie, die Laboranten ausfindig zu machen.

Das Erwartete hat die Manie, als Unerwartetes zu erscheinen.

Die Reihenfolge der Jahreszeiten optimieren.

Dass die Sonne in Jahrmilliarden verglühen wird, ist kein Problem, weil wir daran nichts ändern können, sagt er seinen Mitarbeitern. Ein Problem wird erst dann zum Problem, wenn der Mensch die Möglichkeit zur Intervention hat. Dass er die Hälfte der Lebenserwartung überschritten hat, ist also kein Problem.

Die größten Ungeheuer sind immateriell.

Lieber nachdenken als denken.

Wie schön, wenn die Tageskurve des NASDAQ einmal etwas darstellen würde, zum Beispiel ein Tier oder die Silhouette einer Stadt.

In einer guten Karriereleiter fehlen oft Sprossen.

An seinem Todestag wird er in seine übervolle E-Mailbox schauen und sagen: Jetzt könnt ihr mich alle am Arsch lecken.

Im Paradies gibt es nur die Angebotskurve.

6

Nirgendwo ist die Relation zwischen Meinungsaustausch und Beisammensein geringer als während eines Transatlantikflugs.

You get run over by a bus – sagt man so leicht in einem Land, wo es kaum öffentlichen Verkehr gibt.

Ein Meteoriteneinschlag, der die dinosaurierhaften Geländesportwagen auslöscht.

Nicht um zu übernachten steige ich in Fünfsternehotels ab, sondern um König zu sein. Los, jetzt dürfen die Hotelangestellten schon ein bisschen unterwürfig tun. Und ich darf sie ein bisschen so behandeln. Für achthundert

Dollar die Nacht kaufe ich mir keine Nacht, sondern Unterwürfigkeit.

Nur weil die Hotelgardinen nicht zum Bettüberwurf passen müssen, heißt es noch lange nicht, dass sie nicht zufälligerweise einmal passen dürften.

Deckenventilator. Wie alles, muss auch die amerikanische Luft in Unruhe gehalten werden.

Please be aware that your LIFE is a strictly »adults only« program. Select the Pay-TV channel of your remote control. Should you wish to have the complete channel blocked, please contact the reception.

Es genügt nicht, sich selbst zu befriedigen. Es genügt nicht einmal, sich befriedigen zu lassen. Man müsste sich zuerst unbefriedigen, bevor man sich selbst befriedigt oder befriedigen lässt.

Zum Glück haben Flugzeugsitze keinen Geruchssinn.

Ich möchte eine Lampe, die beim Einschalten Dunkelheit erzeugt. Ob mein Schatten dann leuchten würde?

Die Nase – eine spitze Delle in der Luft, die ich mit einem Fleisch-Knorpel-Gemisch ausfülle.

Der Fluch mit den Trinkgeldern. Entweder habe ich das Gefühl, zu viel oder zu wenig gegeben zu haben. Beides ist mir gleichermaßen unangenehm. Das ist wie bei meinen Antworten.

A 15 % service charge will be added to your life.

Meinem Flugzeugsitz müsste ich, wäre er ein Amerikaner, nach dem Aufstehen auch ein Trinkgeld geben.

Die erste Etage ist in Amerika das Parterre. Weil es keine 13. Etage gibt, stimmt es dann oben wieder.

Im Fahrstuhl sterben und dann gleich in die oberste Etage fahren.

Wenn ich, wie vor zwei Tagen, eingeladen bin, vor Leuten zu sprechen, empfinde ich die Annahme, ich hätte etwas zu sagen, als sehr weit hergeholt – 7800 Kilometer.

Konferenz. Man sitzt an kreisrunden Bankettischen und tauscht Visitenkarten aus, die, sobald man allein ist, weggeworfen werden. Ich biege sie wie Spielkarten und lasse sie aus einiger Entfernung ins Klo springen. Je mehr in die Schüssel flattern, desto besser der Tag. Konferenz-Orakel.

Solange man sie nicht braucht, wäre die Toilette ein fast ideales Becken für Kleinfische.

Beim Hinausgehen ein letzter Blick in den Spiegel. Dann frage ich mich manchmal, wo meine Lieblingshose landen wird, wenn ich nicht mehr da bin.

Sonnenlicht in Flaschen abfüllen und mit an die Konferenz nehmen.

Besser: Konferenz in Flaschen abfüllen und mit an den Strand nehmen.

Ich pflege ein bewusst schlechtes Namensgedächtnis, weil ich den Eindruck vermeiden möchte, ich würde mich anbiedern.

Ich habe nichts gegen Leute, nur hoffe ich, dass das Jenseits weniger bevölkert sein wird.

Den Eindruck kann man vermeiden, indem man ihn ausdrückt.

Die Frau an der Seite eines großen Mannes. Wie gern ich sie erlösen würde.

Es gibt Krawatten, die eine scherenbewaffnete Hand geradezu anziehen.

Je weniger ich von etwas weiß, desto leichter fällt es mir, bereitwillig darüber zu sprechen.

Rhetorisch glanzvoll nichts sagen. Besser als andersherum.

Angriff mit dem flüchtigen Medium der Sprache.

Ich muss mir einreden, zu glauben, dass, was ich sage, ungefähr dem entspricht, was zu sagen ich beabsichtige, was dazu führt, dass ich meine Absicht nachträglich dem anpasse, was ich gerade von mir gegeben habe.

Auf der einen Seite – auf der anderen Seite. Verglichen mit dem Quatsch der Ökonomen, ist mir der Quatsch der Philosophen geradezu sympathisch.

Als Herrscher würde er Medaillen prägen, deren Vorder- und Rückseiten identisch sind. Damit wäre er dieses dumme Sprichwort endlich los.

Von allen Erfindungen ist ihm jene der Ohrstöpsel die liebste.

Er würde sich so gern über die Betriebswirtschaft lustig machen und hätte auch allen Grund dazu, aber das kann er als Mann der Wirtschaft nicht. So lebt sie fort, in den Köpfen von

Millionen, die sich alle nicht über sie lustig machen dürfen.

Am meisten würde sich die Wirtschaft über uns lustig machen, könnte sie von sich aus sprechen.

Meine Gedanken hocken wie brave Berater im Kreis um mich herum und getrauen sich nicht, mir zu widersprechen. Meine Gedanken sind die perfekten Jasager.

Solange wir uns über Konkretes unterhalten, kommen wir um das Grundsätzliche herum.

Ich kann nicht die ganze Zeit sympathisch sein. Dafür reicht meine Kondition nicht aus.

Paradies: Wenn der Mund schlucken müsste, was er ausspricht.

7

Jemand hat dem Meer Dauerwellen verpasst.

Schwimmwesten in Flugzeugen aus psychologischen Gründen. Genauso gut könnte man Bademützen verteilen.

Wie gut muss der Meeresgrund abgedichtet sein, dass kein Wasser versickert.

Im Wasser werde ich ruhig. Nur das Land bringt mich in Wallung.

Was mich ärgert: Dass ich das Leben nicht einfach genießen kann. Und vielleicht ist es genau dieser Ärger, dass ich das Leben nicht einfach genießen kann.

Manchmal, am Strand, hebe ich Muscheln auf und hoffe, auf ein Zeichen zu stoßen.

Der Horizont. Ich hätte nichts dagegen, wenn er sich zur puren Unterhaltung einmal krümmen würde.

Das Meer spült Seegras an den Strand. Teppiche von grünschwarzen, glänzenden Knäueln. Zweimal am Tag kommt ein kleiner Traktor und schafft es weg. Der auf dem Traktor sitzt, schüttelt den Kopf. Das Meer will einfach nicht lernen.

So viel Wind, der nichts antreibt.

Den Horizont gibt es nicht. Er ist eine menschliche Erfindung.

Ein Alter im Pool. Man meint dann gleich, das Wasser werde alt.

Erklärung des Biologielehrers: Wir schwimmen so gern, weil wir von den Fischen abstammen.

Das Wasser saugt den Schwamm förmlich auf.

Best of both worlds: Das ganze Jahr hindurch braun sein im Gesicht wie ein Mulatte. Aber im Wissen, dass dem eigentlich nicht so ist.

Manchmal, aus lauter Langeweile, transponiere ich das Rascheln der Palmblätter nach Cis-Dur.

Swiss-American Chamber of Commerce, Miami. Vor drei Tagen. Käsefondue erträglich machen durch das Einschalten der Klimaanlage.

Plötzlich hebt der Stuhl, auf dem ich sitze, ein Bein und pinkelt mir an die Schuhe.

Meine Empfindungen stehen immer in einem leichten Missverhältnis zu den Anlässen. Wie bei einem schlecht gestimmten Klavier. Man müsste seine Empfindungen von Zeit zu Zeit stimmen lassen.

Wenn wir unsere Lebensenergie statt von Nahrung von Batterien beziehen würden, würde uns beim Anblick einer Batterie das Wasser im Mund zusammenlaufen.

Weil ich in den USA nicht wählen darf, darf mir die Politik egal sein. Gleichgültigkeit mit staatlicher Erlaubnis. In der Schweiz brauche ich dazu immer einen Vorwand.

Der Politiker versteht es, zu verstehen, ohne zu verstehen.

Solange ich nicht weiß, was mich glücklich macht, wie könnte ich da wissen, was andere glücklich macht? Insofern habe ich in der Politik nichts zu suchen.

Das Gefühl, falschzuliegen, wenn ich mit der Mehrheit übereinstimme. Es bedarf dann einer zusätzlichen Anstrengung, meine Meinung nicht zu ändern.

Möglich, sogar wahrscheinlich, dass die Mehrheit der Mehrheit eine Minderheit ist.

Mit sich selbst einen Parteitag abhalten.

Nicht alle Windrichtungen sind einer Fahne genehm.

1938: Österreich wäre mit einem Internet-Anschluss besser gefahren.

Ich bin ein schlechter Witz-Erzähler. Noch schlechter bin ich mit der Wahrheit.

Supermarket. Stone Crab Claws. Large ($18.95 per pound). Extra Large ($22.95 per pound). Super Size ($29.95 per pound). Gigantic ($34.95 per pound). Colossal ($39.95 per pound). Die Differenzierung des Großen.

Bigger than life! Bigger than death!

Scientific American: Verdoppelung der Lebenserwartung in den nächsten dreißig Jahren. Rüstige 150-jährige pflügen auf Wasserski über die Biscayne Bay. Warum werde ich nicht richtig froh angesichts meiner erweiterten Lebensperspektive?

Es gelingt mir kaum, zu denken, ohne ein wenig falsch zu denken.

Redakteur der New York Times: Nichts habe ihn mehr verändert als das Studium der griechischen Philosophie. Nicht einmal der Tod seiner Frau.

Meine Vermutung, dass es Tiere gibt mit einer höheren Intelligenz als der menschlichen, die sich aber (gerade deswegen) nichts anmerken lassen.

Paradies: Menschenanzahlregulierknopf.

8

Eine Fliege im Flugzeug. Jetzt ist sie die Schnellste im ganzen Land.

Die meisten werden auch ohne das Glück der Allgemeinbildung mit mir fertig.

Es ist nicht so, dass die Gegenwart ein Punkt ist. Vielmehr ist sie ein Pflug, dessen Spitze die Zukunft von unten her aufreißt, noch bevor ich einen Fuß in diese hineinsetze.

Eine no-questions-asked-money-back guarantee für Ihr Leben.

America: Things are true if they work. Europe: Things work if they are true.

Wie kannst du das bloß sagen. Du warst ja nicht im Krieg. Du warst ja nicht dabei. Du warst ja nicht in Auschwitz. Du warst weder bei der Konferenz noch bei der Demo, noch bei der Mondlandung. Also schweig. Du kannst gar nichts sagen.

Sich unterkriegen lassen und gleich wieder aufstehen.

Im Flugzeug Zeitung lesen. Groß aufgemacht die Wetterprognose für ein Land, das man soeben zurückgelassen hat.

Wer alle Möglichkeiten ausgeschöpft hat, in die Medien zu kommen, bringt die Auschwitzlüge. Die sitzt immer.

Um gegen die Ungerechtigkeit der Welt anzutreten, braucht man bloß den Gerechtigkeitssinn anzupassen.

Gelesen: Ein Investmentbanker, der die teuerste Flasche bestellt (einen Château Lafitte 1945 für $ 5000) und sie vor den Augen des Kellners auf dem Tisch zerschlägt, zum Beweis, dass er es sich leisten kann.

Man muss einmal reich gewesen sein, um Armut wirklich zu schätzen.

So viel Rücken, wie ich denen zudrehen möchte, habe ich gar nicht.

Work hard, play soft.

Noch nie hat ihn Geld so glücklich gemacht wie jetzt, wo er es nicht mehr braucht.

Die Rendite auf den inneren Reichtum maximieren.

Unabhängig werden von Geld – das ist der ultimative Bankraub.

Wenn er seinem Geld Leben einhauchen könnte, hätte er viele Freunde.

Geld, das, statt einfach glücklich zu machen, den Tod ausschaltet, würde seinem Reichtum den ultimativen Kick geben.

Sein Kontostand verhält sich umgekehrt proportional zum Alter seiner Frauen. Es muss an diesen hübschen jungen Dingern liegen, dass er immer reicher wird.

Doppeltes Glück: Geld haben und keines brauchen.

Geld wie Heu. Monet hätte den Kontostand im unaufhörlich wechselnden Licht des Sonnenuntergangs gemalt.

Im Mittelalter wäre es noch einfach gewesen, in die Geschichte einzugehen. Bei so wenigen Menschen. Aber heutzutage! Wenn er könnte, würde er sich einen Platz in der Geschichte erkaufen.

Er möchte endlich einmal Geld verschenken, ohne sich dabei gut vorzukommen, ohne es für sein Ego zu tun. Seit einem Jahr spült er seinen Quartalsbonus die Toilette hinunter.

Endlich etwas für die anderen tun, für das Land, das Volk, die Fauna und Flora, jawohl, endlich etwas gegen das langsame Abbrennen der Sonne unternehmen als immer nur an sich denken!

Hör auf, dir Sorgen über die Menschheit zu machen. Lass die Menschheit ihre Probleme selber lösen.

Jeder, der ein Übel bekämpft, bezieht den Sinn seiner Tätigkeit aus der Existenz dieses Übels. Darum wird er im Geheimen bedacht sein, das Übel niemals restlos auszurotten.

In Atlantis ganze Quartiere aufkaufen.

Man kann, um etwas zu erreichen, auch einfach nichts tun und auf den Zufall warten und ihn dann unterbrechen, sobald er die Dinge so entwickelt hat, wie man sie haben möchte. Das ist überhaupt die einzige Art, etwas zu erreichen. Die Erfolgreichen sind Zufallsdompteure.

Es beruhigt mich, dass die Sonne nicht an der Börse gehandelt wird.

Der Menschenhasser. Keine Ahnung, warum er ausschließlich mich mag.

Paradies: mir den Unverstand rauben.

9

Die Vermögenssteuer im Jenseits beträgt 100%.

Im Flugzeug: die Sitze, die sich vor einem auftürmen. Je tiefer man rutscht, desto mächtiger das Rücklehnengebirge.

Bankraub ist steuerfrei.

Nachdem ich die Steuern bezahlt habe, fahre ich ein paar Extrakilometer auf der Autobahn, um die Infrastruktur zu nutzen. Manche Leitplanke kommt mir vor, als gehöre sie mir.

Wären die Tiere – und mit ihnen die Menschen – mit Rädern geboren worden, wäre die Erfindung des Beins der große zivilisatorische Schritt.

Alle, die im Stau stecken, sind schuld am Stau.

Dumm, dass wir undurchdringbar sind.

Man sollte den Verkehr konzentriert erleben können: ein Jahr lang im Stau stehen, dafür freie Fahrt für den Rest des Lebens.

Erstaunlich, wie selten es in der freien Wildbahn zu Staus kommt. Irgendetwas machen diese Viecher richtig.

Nicht einmal das Gefühl, im Stau zu stehen, ist so lästig wie das Gefühl, im Stau gestanden zu haben.

Bewegung: wenn der Stillstand pausiert.

Er braucht, um sich selbst zu erfahren, einen Porsche.

Wenn ich die Luft irgendwie überzeugen könnte, vor mir zu fliehen, bräuchte ich viel weniger Benzin.

Der Preis seines Autos entschädigt ihn für vieles.

Mein Denken ist wie ein Rad, das umfällt, wenn es sich nicht mehr dreht.

Ein Kind ist gegen ein Auto gelaufen und hat den vorderen Kotflügel beschädigt.

Die Landstraße ist ein Straßentunnel ohne Berg.

Der Calvinist sieht jede grüne Ampel als Zeichen seiner Auserwähltheit.

Sie waschen die Autos, und dann gehen sie doch wieder raus in den Dreck mit ihnen.

Er hat sich in seinem Leben verfahren.

Dieser Schweinehund von einem Porschefahrer. Fährt genau 50 innerorts. Hält sich genau an die Höchstgeschwindigkeit. Provokateur! Offenbar reicht ein Porsche allein jetzt nicht mehr aus, um in der Kampfzone »Innerorts« seinen Mann zu stehen.

Die Schnecken zeigen mit ihren Fühlern auf mich und schütteln ihren Kopf: Menschentempo!

Irgendwann einmal wird sein Auto aufhören, reiner Befehlsempfänger zu sein.

Man muss nur lange genug gegen die Leitplanken fahren, dann leiten sie nicht mehr.

Wenn er pensioniert ist, wird er sich täglich an eine ganz schlimme Kreuzung begeben, seinen Sessel aufstellen und zuschauen, wie sie ineinanderkrachen.

Wenn schon, möchte ich bei Rotlicht überfahren werden.

Unerklärlich, dass die Evolution in den vielen Milliarden Jahren nicht eine weit überlegenere Spezies als den Menschen hervorgebracht hat. Warum diese Zurückhaltung?

Das Handy wird ihm bald auch noch das Essen zubereiten.

Wären wir alle mit Bluetooth geboren, müssten wir nicht mehr miteinander reden.

Keine Angst vor der Zeit, in der Computer mit Gefühlen umzugehen wissen. Vielleicht lernen wir's dann auch.

Sei offen. Sei so offen, dass der Zeitgeist durch deine Herzklappen pfeift.

Paradies: Mein Nervensystem hört nicht an meinen Körperenden auf.

10

Im Flugzeug schaut er Filme bloß wegen der schönen Gesichter an, die darin vorkommen. Es wäre in den meisten Fällen kein Verlust, den Plot gleich ganz wegzulassen.

Schlaf ist die Arche, die mich vor der Reizüberflutung rettet.

Es gibt Leute, die benötigen nur fünf Stunden Schlaf. Er braucht mindestens sieben. Schlaf ist sein größtes Hindernis auf dem Weg nach oben.

Je mehr er weiß, desto schlechter sein Schlaf.

Man ist nie wirklich wach.

Der schönste Schlaf: bei offenem Fenster. Abendregen. Dampf über dem Asphalt. Gurgeln in der Dachrinne. Tropfen, einzeln und unterscheidbar, aus den Blättern. Dann Sterne.

Geträumt: dass statt Haare Blätter aus meiner Brust wachsen.

Es ärgert mich vieles, ich glaube, ich ärgere mich stellvertretend für andere.

Beruhigungstabletten. Sich entschleunigen, bis man zum Stillstand kommt. Und dann noch ein bisschen mehr entschleunigen.

Nie sind die Fenster der Flugzeuge viereckig. Das muss seine Gründe haben. Wie alles.

Die Gründe liegen auf der Hand. Jetzt klatscht er.

Wie müsste eine Welt beschaffen sein, in der man die Gründe sähe, so unmittelbar wie die Dinge selbst?

Mit meinem seelischen Gezeitenwechsel könnte man ein Kraftwerk betreiben.

Ich produziere mehr Gefühle, als ich je werde konsumieren können.

Gefühle testfahren, bevor man sie hat.

Erst in der totalen Finsternis gelingt es mir, über meinen eigenen Schatten zu springen.

Wenn er die perfekte Frau selbst konzipieren könnte, käme er vor lauter Konzipieren und Modifizieren gar nie dazu, sie zu lieben.

Warum liefert Gott den Beweis nicht gleich selbst, dass er existiert!

Er ist gegen Affären, aus Prinzip, so wie man gegen Zinsen sein kann.

Asymmetrisch die Lust: Die Unlust kennt keine Sättigung.

Sein Geschlechtsteil wirft einen langen Schatten voraus.

Darf ich jemand anderen als meine Frau mit auf die Arche Noah nehmen?

Gesucht: ein Schweizer Taschenmesser mit einem zusätzlichen Tool – einem aufklappbaren Hals zum Umarmen.

Im Jenseits muss es den Glauben an das zeitlich beschränkte Leben geben.

Von allen Vorwürfen sind die, die er sich selbst macht, am schwierigsten zu entkräften. Am allerschwierigsten zu entkräften ist der Vorwurf, er nähme sie nicht ernst, er würde sie, weil unentkräftbar, sich einfach auftürmen lassen.

Nirgendwo ist das Verhältnis von Aufwand zu Ertrag miserabler als bei der Frage nach dem Sinn.

Rassenunruhen unter den Tieren.

Großes Aufhebens über die Tierarten, die ausgestorben sind, aber kein Pieps über die Milliarden von Tierarten, die die Evolution hervorzubringen versäumt hat.

Ohne Natur gäbe es nur noch Kultur. Darum ist der Naturschutz so wichtig.

Paradies: Durchschlafen im Flugzeug.

11

Pax heißt nicht Frieden, sondern Passagier – und zwar auf allen Fluglinien dieser Welt.

Mein Knowing-Doing-Gap, ein Graben so breit wie der Grand Canyon. Bald mache ich mich zum Nationalpark und verlange Eintritt.

Unter Seele verstehen die Amerikaner offenbar das Unbewusste. Ich habe zwanzig Jahre gebraucht, um das zu begreifen. Im Deutschen bin ich noch nach 41 Jahren unschlüssig, was Seele bedeutet.

USA: sich dem Diktat der Freiheit unterwerfen.

Der Barman mit dem Schüttelbecher. Er schüttelt seinen Kummer in den Drink. Nachher ist ihm leichter. Jetzt hat der Gast den Kummer.

Er dreht seine Augäpfel nach innen und sieht schwarz.

Die rote Kugel finde ich schöner als die gelbe. Und die gelbe schöner als die blaue. Aber wenn nur die rote und die blaue Kugel auf dem Billardtisch liegen, ist mir die blaue die schönste.

Im Lotto Leute gewinnen.

Immer wenn er raucht, redet er sich ein, dass er einmal vom passiven Teil des Rauchens sterben wird.

Er wäre ein guter Roulettespieler, wenn ihm nicht ständig schlecht würde beim Anblick des sich drehenden Rades.

Was ihn beängstigt, ist nicht der Fortschritt, auch nicht der Rückschritt, sondern der Gleichschritt auf vielen Gebieten.

Life. Enrollment in this program is extremely limited. Call immediately for complete details.

Was vom Denken übrigbleibt, wenn man die Emotionen abzieht, ist nicht sehr vernünftig.

Sich aus nichts etwas machen.

Außer mich selbst habe ich noch nie jemanden vergewaltigt.

In meinem Hirn ist ein Chaos aus vielen klaren Gedanken.

Die anderen verstehen meist besser, was ich sagen will, als ich.

Es ist zu hoffen, dass viele Gedanken nie einen Denker finden werden.

Wenn er könnte, würde er seine Freunde nach dem eigenen Antlitz formen.

Solange ihr mich öffentlich verspottet, kann ich euch aus dem Weg gehen. Ihr macht es mir zu leicht.

Um meine Feinde zu besiegen, muss ich nur dafür sorgen, dass ich glücklich bin, das ist für sie die schlimmste Strafe.

Freunde. Die falschen sind ihm so lieb wie die echten, weil sie so zahlreich sind.

Gegenüber dem, was sie gegen mich vorbringen können, ist, was ich gegen sie vorbringen kann, nichts.

Könnte man Zeit in Geschenkpapier einwickeln, würde ich Zeit schenken. Aber nicht einfach so.

Ich behandle meine Freunde, als müsste ich an den Punkt gelangen, wo ich sie wieder vermissen werde, weil ich keine mehr habe.

Wer sich von meinen Feinden abwendet, wendet sich mir zu.

Mit der Vielzahl von Gedanken meine Gegner einnebeln.

Ich sehe mich, wenn ich gleichzeitig die anderen sehe, in einem schlechteren Licht, als wenn ich mich nur allein sehe. Die anderen werfen ein schlechtes Licht auf mich.

Wenn beim Schach wenigstens die Figuren mal etwas sagen würden.

Bei zwei Sonnen wäre der zweite der richtige Untergang.

Ich habe im Lotto per Zufall nicht gewonnen.

Paradies: die Ohren Karajans sein während Beethovens Fünfter.

12

Lieber jetzt noch den Mädchen nachschauen als im hohen Alter.

Er zieht sich zu einer Frau hin und interpretiert es als Sich-zu-dieser-Frau-hingezogen-Fühlen.

Wir können uns allem entziehen außer dem Tod und dem anderen Geschlecht, wobei der Tod den Vorteil der Einmaligkeit hat.

Rede ich mir nur ein, dass Liebe stärker sein müsste, als was ich empfinde?

Wie viel Glück aus ihren Augen spricht! So viel Glück, dass ein Auge ausgereicht hätte, mich zu entzücken.

Wie bei den Fremdsprachen: Mein passiver Herzschatz ist größer als mein aktiver.

Die Hauptaufgabe der Zivilisation besteht darin, den Weg zwischen Hirn und Hose zu verlängern, ihn durch Schikanen zu erschweren.

Er ist nicht mehr beim Ehebruch. Er ist schon beim Affärenbruch.

Sich vögelnd über den Dow Jones unterhalten.

Sie liebt mich. Sie liebt mich nicht. Blumen züchten mit einer ungeraden Anzahl Blütenblätter.

Wenn ich doch im Bett nur so gut wäre wie an der Börse!

Zum Glück haben wir Hände wie Hände und nicht wie Füße. Wie sonst den Brüsten einer Frau adäquat begegnen?

Wir überholen mit unseren Küssen das allgemeine Wirtschaftswachstum.

Die Erkenntnis: Was ich berühre, ist immer Oberfläche. Holz, Glas, Papier, ein Lenkrad, ein Bettüberwurf. Selbst die Klinge eines Messers ist Oberfläche. Weil sich die Haut nicht mit dem Objekt vermischt, werde ich nie berühren, was hinter der Oberfläche steckt. Das gilt selbst für einen anderen Körper. Vielleicht würde sich alles ganz anders anfühlen, wenn ich richtig berühren könnte.

Sex: onanieren zu zweit.

Langsam beginnt sein Geschlechts- dem Fremdenverkehr zu gleichen.

Ich wünsche mir, dass Gott weiblich ist. Ich würde mich an sie werfen und weinend in ihr aufgehen. Gott männlich anzutreffen (oder neutral) wäre ein Verrat am Paradies-Gedanken.

Ihre Lippen sind nicht zum Küssen da. Es sind ihre persönlichen Airbags.

Wenn sie aufsteht, um sich anzuziehen, und er vom Bett aus ihr Geschlechtsteil sieht, denkt er: Das ist das Geschlechtsteil einer Börsenanalystin, einer Rechtsanwältin, einer Radiologin, einer Studentin, einer Unternehmensberaterin, einer Putzfrau, einer Professorin.

Außerhalb seiner Ehe führt er oft vorbildliche Ehen.

Die Absätze können ihr gar nicht hoch genug sein. Blöd ist nur, dass der Anstellwinkel mit der Tangens-Funktion zunimmt. Sagt der Mathematikprofessor: »Madame, ziehen Sie Ihre Schuhe aus, ich führe Sie auf den Pfad der nichteuklidischen Geometrie.«

Wählerischer als bei Frauen ist er bei Bedeutungen.

Der Irrtum der Frau: dass der Mann, wenn er von Gefühlen spricht, sie auch hat.

Überall hinterlasse ich Verletzungen. Wieder ist es mir nicht gelungen, auszudrücken, was auszudrücken ich mir vorgenommen habe.

Offenbar ist der Mann nur noch ein Accessoire der Frau.

Männer scheinen sich im Verhalten dem anderen Geschlecht gegenüber ähnlicher zu sein als Frauen.

Vermutlich wären wir als Insekten gar nicht so unglücklich.

Gesucht: die Entzugsanstalt, die mich von der Sucht nach Erlebnissen befreit.

Arbeitsteilung: sich gegenseitig übers Telefon anschreien – und vögeln, wenn wir zusammen sind.

Paradies: ein Butler, der meine Rückschläge einsteckt.

13

An meinen Blutkreislauf sollte man winzige Wasserräder zur Stromerzeugung anschließen, so wäre ich wenigstens von Nutzen.

Mehr Turbulenz auf einem Flug als im Leben.

Die Wünsche, die ich mir erfülle, sind selten jene, die ich zu erfüllen trachte. Meine Erfüllungen werden von kleinen Wünschen angezogen wie Insekten vom Licht. Man müsste die kleinen Wünsche verbieten, um den großen eine Chance zu geben.

Fraglich, ob ich, wenn ich z.B. durch Meditation an den Punkt käme, wo ich von Gedanken vollkommen frei wäre, je wieder in den normalen Zustand zurückkehren möchte.

Meine Gedanken sind wie Kinder, die in eine schlimme Pubertät gekommen sind.

Ich bin berechenbar und werde auch dementsprechend behandelt. Jetzt nehme ich mir vor, ein bisschen unberechenbarer zu werden – wenigstens mir selbst gegenüber.

Wenn man von der Zukunft auf die Vergangenheit schließen könnte, wäre der Fehler weniger schlimm.

Wie hatte ich mich darauf gefreut, erwachsen zu werden – grundlos, wie es sich herausgestellt hat. Heute würde ich mich freuen, wenn es etwas nach dem Erwachsensein gäbe – vermutlich auch grundlos.

Man müsste, bevor man lebt, tot gewesen sein.

Dass der gekommen und wieder gegangen ist, zweitausend Jahre bevor wir gekommen sind.

Ich schließe von mir auf die anderen. Die anderen von sich auf mich. Wir müssten uns vollständig vereinigen. Dann gelänge es uns, von uns auf uns zu schließen.

Der Chaot ist stets zielgerichtet – nur wechseln die Ziele oft.

Er trug seine Biographie wie einen Königsmantel. Darunter war er nackt.

Panta rhei: Alles geht bachab.

Je reifer ich werde, desto fauler werde ich.

Autist. Steuert noch seinen eigenen Leichenwagen.

Ich muss mehr lügen. Dann hört man endlich auf, mich an dem zu messen, was ich von mir gebe.

Auch wenn ich eine Art emotionale Beziehung zu meinem Laptop aufgebaut habe, noch ist es nicht so weit, dass ich darüber nachdenke, ihn zu streicheln.

Was nach dem Tod übrigbleibt: nicht die Seele, sondern die Dateien auf meiner Harddisk.

Definition der Existenz: You are your files.

gif, jpg, doc, mov, wav, xls, ppt – aber meine liebste Datei-Endung ist das etc.

Erst dann, wenn Computer lügen können, wird sich der Unterschied zwischen Mensch und Maschine aufheben.

Gott kennt Ihre Kreditkartennummer.

Gott kennt auch Ihr Expiration Date.

Zehn Jahre vor dem Tod wird er die Kamera beiseitelegen, denn diese Zeit wird er benötigen, um das gespeicherte Material anzuschauen, um herauszufinden, worin sein Leben eigentlich bestanden hat.

Wer die Wahrheit sucht und nicht findet, soll dankbar sein für das Nichtfinden. Sonst gäbe es das Suchen nicht. Sonst wäre alles einfach vorhanden und als solches nicht Wahrheit, sondern Banalität.

Den Moment der Geburt bewusst erleben: Bevor man die Augen öffnet, sich vorstellen, wie die Welt sein könnte – und sie dann erst öffnen.

»Langfristig sind wir alle tot« (John Maynard Keynes) – der gescheiteste Satz, den er je von einem Ökonomen gehört hat.

Verglichen mit dem Rest ist das Leben ein sehr unwahrscheinlicher Zustand. Der Tod als Schwelle vom unwahrscheinlichen zum wahrscheinlichen Zustand.

Asche = Funkstille.

Vielleicht ist die Erfindung des Lebens bloß die aus einer Laune heraus entstandene Antwort auf die Langeweile des planetarischen Gerölls.

Ein Leben lang getrieben auf der Suche nach Mitteln gegen nicht vorhandene Übel.

Ich frage mich, ob jemand bei der tödlichen Zielgerade meine Zeit stoppen wird.

Der Schluss-Strich war zu kurz. An beiden Enden ging es weiter.

Die Macht des Faktischen besticht durch ihre Einfachheit. So. Alle anderen Mächte sind viel komplizierter.

Es ist kontraproduktiv, gegen das Böse anzukämpfen. Man hätte am Ende noch weniger Lebensinhalt.

Plötzlich die Erkenntnis: Viel zu lang hat er ohne Lebensprinzipien gelebt. Zum Beispiel: Soll man sich im Verlauf des Lebens möglichst oft oder möglichst selten verlieben? Soll man glauben? Soll man vergeben oder zurückschlagen? Er nimmt sich vor, jetzt, mit 41, diesen Fragen auf den Grund zu gehen, getrieben, denn er weiß, je länger es dauert, desto unerheblicher wird es sein, welche Prinzipien er gefunden haben wird.

Weit und breit keine Überzeugung. Wenn ich eine brauche, muss ich zuerst immer eine annehmen.

Paradiesische Vorstellung: Die Falten im Gesicht kommen von den Falten im Kopfkissen.

14

Gäbe es weniger Möglichkeiten im Leben, würde man sie ernster nehmen.

Wie intensiv muss ich mich denn noch mit mir selbst auseinandersetzen? Kommt denn niemand, der endlich ruft: Stoppt diesen Wahnsinn!

Man müsste, um mich zu verstehen, ein Leben lang in mir gelebt haben.

Plötzlich die Erkenntnis: Eine Welt, in der er keine Rolle spielt, kann nicht seine Welt sein.

Er ändert seinen Glauben, ohne sich selbst zu ändern.

Jetzt wissen wir's: Die Welt besteht hauptsächlich aus Nichts. Man hätte die Physiker bestechen sollen, um etwas anderes herauszufinden. Der Papst hätte Gelder lockermachen sollen.

Seinen Glauben kann er ein- und ausschalten wie eine Taschenlampe.

Wie groß das Erstaunen der Wissenschaftler, wenn die Welt auf einmal streiken würde und nichts mehr preisgäbe. Als wollte sie sagen: Genug – seid endlich zufrieden mit dem, was ihr wisst!

Wie sich Natur vorstellen, die keinen Gesetzen unterworfen wäre?

Viele faule Früchte am Baum der Erkenntnis.

Der Erfinder ernährt sich aus dem Nichtvorhandenen.

Jede Entdeckung mordet Phantasie.

Wenn ich verwirrt bin, verhalte ich mich, als sei ich viel mehr verwirrt, als ich es bin. Damit erwecke ich den Anschein, ich hätte vollkommene Klarheit, würde dies aber aus strategischen Gründen vertuschen. Dass diese Täuschung funktioniert, verwirrt mich.

Aus einer Laune heraus lieben. Alles andere ist falsches Lieben.

Liebe als Ausrede, damit wir uns nicht selbst aushalten müssen.

Wo ich mir ganz sicher bin: dass ich werde sagen können: So habe ich mir den Tod nicht vorgestellt.

Wenn ich mich objektiv betrachten könnte, wäre ich die meisten Sorgen los.

Geburt und Tod würden zusammenfallen, stünden nicht all die Dummheiten dazwischen.

Erzählt mir einer: »Nicht so schlimm der Tod. Alles wird gleichzeitig mit dir sterben, denn deine ganze Welt ist in deinem Kopf.« Ich weiß nicht, ob das hilft.

Sieben Milliarden Schwarzfahrer auf der Erde.

In der Mitte der Erdkugel müsste wieder Schwerelosigkeit herrschen.

Kein Glanzresultat für Gott: Auf acht Planeten gerade mal einer mit Leben. Wenn wir so unsere Felder bestellen würden!

Was, wenn meine Angst bloß der Ausläufer einer viel größeren, kosmischen Angst ist?

Der Einzige mit Ring. Eigentlich müsste Saturn eine schlanke, bewegliche Taille sein.

Der Astronom lässt die Sterne in seine Augen gucken.

Milchstraßenschilder.

Auf dem Mond würde es sich wenigstens lohnen, Hoch- oder Weitspringer zu werden.

Oder Seitenspringer.

Vielleicht war Atlas bloß unterwegs zu einem galaktischen Fußballspiel.

Ich hätte mich vor Freude gern um die eigene Achse gedreht – und lass es die Erde für mich machen.

Gott und die Menschheit: Man müsste sich mal an einen Tisch setzen und offen miteinander reden.

Gott verbringt zu viel Zeit allein.

Die Abwesenheit ist Gottes Nachteil.

Der Glaube verwandelt den Menschen in einen Bittsteller.

Vor dem Urknall war die Urstille.

Für eine wireless high-bandwidth connection zu Gott brauchen die Katholiken einen Router.

Jeder findet Gott in der Verzweiflung. Aber Gott müsste man finden, wenn man ihn nicht braucht, um irgendein Problem zu lösen. Erst ein überflüssiger Gott ist ein wahrer Gott. Ich werde ihn nie kennenlernen.

Ich sehe mich zunehmend von Mächten umzingelt, die mir das Schweigen beibringen wollen.

Paradies: Glück im Glück.

15

So mancher, der andern eine Falle grub, stieß auf eine Quelle.

Irgendwann wird die Reiserei auch den Zugvögeln zum Schnabel heraushängen.

Ich lege mich ins Gras. Während des Schlafes durchwächst es mich.

Ein Schaf, das stricken kann.

Wie viel aufregender die Welt, wenn ich mir Zeit nähme, zu sehen.

Carmex Lippenpomade. Meine liebste. Weil sie nach Marzipan schmeckt. Ich streiche sie mir um den Mund und muss mich davor hüten, meine Lippen zu fressen.

Der Lehrer sammelt Hirschkäfer. Um sie in der Vitrine des Lehrerzimmers auszurichten, verwendet er zwei Nadeln. Die erste steckt er mitten durch den Panzer und die zweite genau durch den Kopf. Das ist besser, als Schüler zu plagen, sagt er sich.

Hirschkäfer (Lucanus cervus) – eine Spezies, die einem, wäre man nicht gerade Experte auf diesem Gebiet, nicht fehlen würde. Es gibt ganze Erdteile, die einem nicht fehlen würden.

Wenn die Kühe mit ihrer Zeit nur etwas anfangen würden. Wenn sie sich wenigstens an der Landschaft freuen würden!

Meine Augen sind Fressmäuler. Sie schlucken gierig, selbst wenn ich schon lange satt bin. Werden diese Schlünde denn nie überquellen?

Wie ein Hirnloser: Ich umarme einen Baumstamm, einfach so. Meine Hände ertasten sich gegenseitig, wie zwei Reptilien. Wie fremd der eigene Körper wird, wenn man ihn nicht sieht. Wie fremd irgendein vertrauter Körper wird, wenn man ihn nicht sieht.

Meine Unfähigkeit, das Handy auszuschalten, zwingt mich dazu, Urlaub in den entlegensten Winkeln der Erde zu buchen. Empfanglosigkeit als Touristenattraktion.

Pferdemädchen, was machst du im tiefen, dunklen Wald? – Ich fange Einhörner und säge ihnen das Horn ab.

Wie es aus dem Wald tönt, so muss ich hineinrufen.

Euch Eichhörnchen sollte man mal eine Lektion in Lagerhaltung verpassen!

So mancher Fisch hängt sich an die Angel zwecks Selbstmords. Der Fischer meint, er hätte ihn getäuscht. Dabei ist es umgekehrt.

Seine Überzeugung: Aus ihm wäre ein guter Jäger und Sammler geworden.

Man möchte in Wäldern leben, die einen umschließen wie Kleider.

Man fragt sich, wie es die Schwalben jeden Herbst ohne Reiseveranstalter schaffen.

Schön, dass die Natur nicht auch noch eine eigene Meinung hat!

Der Hund schreibt: Gehe mit Herrchen durch den Wald. Er verpasst jede Duftmarke. Ein einfaches Geschöpf.

Die Bäume müssen ein Leben lang ganz schön gut mit ihren Nachbarn auskommen können.

Meine ganze Schmetterlingssammlung ist aus der Luft gegriffen.

Die Blätter des Urwalds. Urlaub.

Wer weiß, ob die Ameisen nicht ihr eigenes Mehrwertsteuersystem aufgezogen haben.

Einsamkeit – der Sauerstoff meines Denkens.

Alles schon gesehen. Alles schon gehört. Die Welt leidet an zu viel Erfahrung.

Selbst wenn ich allein bin, ist keine Stille. Dann kann ich noch so schweigen, ich höre mich selbst.

Was hält Gott eigentlich davon ab, mehr Werbung für sein Anliegen zu machen?

Am Tisch sitzen und schreiben, dass er am Tisch sitzt und schreibt, dass er am Tisch sitzt und schreibt …

Bitte keine Romane mehr, in denen Schriftsteller vorkommen. Bitte!

Unter dem Strich bleibt nichts als weißes Papier.

Ich probiere Geschichten an wie Kleider (Max Frisch). Geschichtenlos unter der Dusche stehen.

Meisterwerke unter den Büchern, die nie geschrieben wurden.

Man muss so viel Schlechtes lesen, um auf Gutes zu stoßen. Man müsste das Schlechte suchen wollen, dann käme einem das Gute im Überfluss vor.

Immer wenn er nicht weiß, ob er Hunger hat oder nicht, überzeugt er sich, dass er hat.

Garderobe. Statt den Mantel gibt er sich selbst ab.

Schön, dass der Essensvorgang nicht nach dem Stuhlgang beginnt und damit aufhört, die Stücke aus dem Mund zu nehmen und auf den Teller zu legen.

Manchmal möchte ich wiederkäuen können.

Paradies: mit leerem Magen in die Zürcher Kronenhalle.

16

Seine Frau ist schon lange gestorben, auch wenn sie jeden Morgen zusammen frühstücken.

Es ist nur noch der Anstand, der sie miteinander verbindet.

Er ist froh, dass ihm sein Glaube mehrere Frauen verbietet. Seine ist ihm schon sehr viel. Er wünscht sich einen Glauben, der eine halbe Frau zuließe.

Seine größte Anstrengung: nicht den anderen nachzuschauen, wenn er mit der eigenen unterwegs ist.

Die Ehe als Karriere betrachten. Dann käme man wenigstens vorwärts.

Auf ein oder zwei Lügen mehr kommt es jetzt auch nicht mehr an.

Er schreibt seiner Frau so nette Sonette.

Er hat seinen Blumengarten mit einem Haus verziert.

Wir sind das Produkt zweier Einsamkeiten, die miteinander kollidiert sind.

Wie klein die Kosten der Lüge im Vergleich zum Geständnis einer Affäre. Wie viel schöner die Affäre als die Schönheit des reinen Gewissens.

Der Fluch der Affäre: Sie weiß von der Ehe, während die eigene Frau nichts von der Affäre weiß, zumindest eine Weile lang. Informationsvorsprung der leichteren, spielerischeren, vergnüglicheren Beziehung.

Wenn die Notlüge zur Gewohnheit wird, müsste auch die Not zur Gewohnheit werden.

Wenn man glücklich ist und es nicht zeigt, ist das Verrat.

Nur ein Weltuntergang könnte seine Frau jetzt noch davon abhalten, es herauszufinden.

Im Schlafzimmer hängt die Glühbirne an bloßen Drähten. Schon seit Jahren. Ich klammere mich ans Provisorische wie ein Ertrinkender an ein Stück Holz.

Die Tatsache, dass er beim Kartenspiel eine Null ist, stört ihn nicht wirklich. Im Gegenteil. Er gibt's gern zu. Irgendwo eine Null zu sein, macht ihn sympathischer, meint er. Bis seine Frau sagt: Und in der Liebe. Sie sagt es spaßeshalber.

Immer, wenn es heikel wird, flüchte ich mich in die Vernunft.

Man muss nur lange genug mit einer Frau zusammenleben, dann wird sie praktisch.

Die Frau als Extension der Mutter. Gäbe es keine Mütter – würden wir zum Beispiel aus Eiern schlüpfen –, wären auf einmal ganz andere Beziehungen zwischen Mann und Frau möglich.

Gefühle – der Benzintank einer Beziehung.

Gedrucktes hat eine ganz andere Wirkung als Handgeschriebenes oder gar Ausgesprochenes. Gedrucktes hat Autorität. So sollte man sich zu Hause bemerkbar machen können. Er wird ihr nichts mehr sagen, sondern nur noch in gedruckter Form vorlegen.

Mein Stolz, wenn ich emotional werde. Ich halte mich dann für besonders menschlich.

Sie sagt: Mach uns beiden eine Freude, und geh schlafen.

Sturz vornüber in die Wortlosigkeit.

Ich lerne, Verletzungen hinauszuzögern, indem ich nichts sage.

Mitten in der Nacht steht er auf, zieht sich eine Maske über den Kopf, fährt sein Auto in die nächstgelegene Stadt, schüttet Benzin darüber und zündet es an. Dann verlässt er den Tatort. Kurz vor dem Morgengrauen erreicht er sein Haus. Als seine Frau erwacht, sitzt er im Wohnzimmer, über das Radio gebeugt, und lauscht den Lokalnachrichten, die schon wieder nichts über ihn berichten. Langsam glaubt er selbst nicht mehr, dass er existiert.

Das Verletzende an der Zivilisation: Sie kommt auch ohne einen aus.

Paradies: statt Flugbegleiter Lebensbegleiter – welche nicht Ehepartner sind.

17

Selbst wenn du über Wasser gehst, geh deinen eigenen Weg.

Wer sich selbst kennenlernt, wird nicht den Richtigen kennenlernen.

Sobald man sich ans Glück gewöhnt hat, ist es schon wieder weg. Man sollte ihm ständige Überraschtheit vorspielen, dann würde es vielleicht bleiben.

Das Einfachste: von sich selbst berichten, seine Probleme schreibend über die Welt verschütten.

Öffentlich beklagen, was nur ihn betrifft.

Meine Finger, sobald sie sich auf einer Tastatur niederlassen, werden zu Instrumenten einer fremden Herrschaft.

Beim Niederschreiben schwerer Gedanken konnte er den Kugelschreiber fast nicht vom Papier heben.

Sein Roman ist nicht autobiographisch. Vielmehr ist sein Leben autoliterarisch.

Könnte er die Bedeutung von den Wörtern trennen, wären seine Gedanken nur noch halb so schwer.

Vor Angst, ich könnte ihn mögen, hoffe ich, nicht auf das Arschloch von Rezensent zu treffen, der mich verrissen hat.

Er hat über alles, was er weiß, geschrieben, und jetzt schreibt er über alles, was er nicht weiß.

Die Sätze sind der Sand, in den hinein die Bedeutungen versickern.

Dieser Satz ist eigentlich-verseucht.

Neunfingersystem.

Nur fünf Minuten weniger Schlaf, und man hätte über all die Jahre hinweg Zeit gehabt, ein Buch zu schreiben.

Mit einem Schmetterlingsnetz den Worten hinterher. Dann die Bedeutungen mit Stecknadeln festmachen.

Jeder Satz ein Ansatz. Nie kommt er dazu, zu Ende zu schreiben.

Wenn er könnte, würde er den Konjunktiv abschaffen.

Reine Selbstreferenz: »dreisilbig«.

Wunsch: schreiben, wie Jackson Pollock gemalt hat.

Der Satz »Das wird er nicht schaffen« ist weniger schlimm als »Das wird nicht er schaffen«.

Zunehmen nur durch das Gewicht meiner Taten.

Die Erfahrung der letzten 41 Jahre: Was ich mir ausdenke, haben sich andere auch schon ausgedacht. Kein Grund mehr, bei jedem neuen Gedanken in Entzücken zu verfallen.

Ich bin, an meinen Misserfolgen gemessen, ein erfolgreicher Mann.

Selbst ein unehrliches Kompliment erfreut ihn jetzt. Da hat sich einer seinetwegen Mühe gemacht.

Ich bin das Wasser, das leere Mühlen antreibt.

Sich nur nicht durcheinanderbringen lassen von den vielen Stimmen im Kopf.

Warten auf den Moment, wo die Stimmen im Kopf sich zufällig zu einem Requiem vereinigen.

Alle reden davon – dabei hätte auch ich gern einmal eine menschliche Grunderfahrung gemacht.

Selbstversessenheit. Die Unmöglichkeit, die Welt aus einer anderen Warte als der eigenen zu betrachten. Kerker des Ich. Der Neid jedes Häftlings auf den Gefängniswärter.

Paradies: etwas mit dem Sand anfangen, der durch die Sanduhr gefallen ist.

18

Es ist vieles zum Kotzen, aber selten kotze ich.

Er hält sich mehrere Vertrauensärzte, die er selektiv informiert, damit sich keiner ein vollständiges Bild von ihm machen kann. Die unterschiedlichen Diagnosen erlauben es ihm, den Ärzten nicht glauben zu müssen.

Wenn ich weniger Gelenke hätte, gäbe es weniger Anlass zu Gelenkschmerzen.

Der Gesunde hat die Gesundheits-Krankheit.

Ich sitze im überfüllten Warteraum des Arztes, blättere eine Illustrierte durch und denke: Man könnte jetzt schon Bekanntschaft miteinander machen, statt im Jenseits so zu tun, als hätte man sich noch nie getroffen.

Vielleicht gibt es ja ein zweites, ein Konkurrenz-Himmelreich.

Wenn er im Zahnarztstuhl sitzt, vergisst er alle großen Fragen. Dieses Glück hat er nicht einmal beim Sex.

Er hat sich alle Laster abgewöhnt. Nun hat er damit begonnen, sich das Sichabgewöhnen abzugewöhnen.

Darum Fensterplatz im Flugzeug: Lieber störe ich andere, wenn ich aufs wc muss, als dass ich von anderen gestört werde, wenn sie aufs wc müssen.

Es wird sich herausstellen, dass seine Angst vor dem Alter begründet gewesen sein wird. Seine Angst, jetzt mit 41, vor genau diesem Satz.

Hoffnungslos, ja, manchmal schon. Aber unausrottbar die Hoffnung auf Hoffnung.

Welches ist der Nutzen von Hoffnung? Entweder wir können eine Situation verändern, dann brauchen wir keine Hoffnung, sondern Handlung. Oder wir können nichts an der Situation ändern, dann brauchen wir auch keine Hoffnung.

Er kommt der Quelle der Hoffnung so nah – er verstopft sie mit sich.

Wenn ich durch die Straßen gehe: Gebäude an Gebäude. Aus Abertausenden von Backsteinen. Kilometer um Kilometer. Bis meine Füße schmerzen. Noch nie in meinem Leben habe ich auch nur einen einzigen Backstein gelegt. Alles ohne mich. Überhaupt ist das meiste auf dieser Welt ohne mein Zutun da.

Ich bin immer wieder überrascht, wie eisern sich die Straßenzüge an die perspektivischen Gesetze halten. So kompromisslos halte ich mich an nichts.

Weihnachtsmann.

Weihnachtsfrau.

Weihnachtsmannschaft.

Geschenkpapier zerreißen. Mit beiden Händen das Zeug auseinanderreißen. Nichts gefällt ihm besser an Weihnachten. Dabei könnte er jeden Morgen die Zeitung zerreißen, statt sie nach dem Lesen zusammenzufalten.

Das Geschenk ist das eine. Aber was schenken das andere. Dafür sollte es Läden geben, nicht für die Geschenke an sich.

Seine Geschenke sind stets vorweggenommene Gegengeschenke. Er schenkt präventiv.

Nur so entkommt man dem Teufelskreis: Geschenke annehmen und nichts zurückschenken, bis man niemanden mehr hat, der einem Geschenke antut.

Wegschenken, damit man die Abfallgebühr nicht selbst bezahlen muss.

Am Heiligen Abend beneidet er alle, die arbeiten müssen, z.B. die Tramfahrer.

Einmal hat er seiner Frau zu Weihnachten ein Bügeleisen geschenkt. Weil das alte kaputt war.

Er hat es sogar einpacken lassen. Seither hasst sie ihn ein bisschen.

Der Vorteil eines Hundes ist, dass er Weihnachten nicht kennt. Man beschenkt ihn mit dem täglichen Futter, und das muss nicht besonders originell sein. Auch sonst haben Hunde viele Vorteile.

Der Weihnachtsmann, der die Geschenke verteilt. Eine solche Figur sollte man haben, wenn es um Kündigungen im Betrieb geht.

Wieder ein Jahr um. Ich nehme mir vor, meine Ängste sportlicher zu nehmen.

Würde die Erde nicht um die Sonne kreisen, sondern geradewegs durch das Universum schweben, gäbe es keine Jahre und somit auch keinen Grund, sich für das neue Jahr Vorsätze zu machen.

Barfuß steht der Hund vor dem Schaufenster des Schuhgeschäfts.

Welches wäre den Hunden ihre liebste Menschenrasse?

Ein Schwarzer eröffnet ein Bräunungsstudio mitten in Zürich. Er wird reich, obwohl er kein Geld verlangt; und weil es sich herumspricht, dass er kein Geld verlangt, ist er von morgens früh bis abends spät ausgebucht. Dem Stadtrat ist das nicht geheuer. Eine Hausdurchsuchung wird angeordnet, aber es finden sich weder Drogen noch Waffen. Also wird er zur Rede gestellt. Wie er's macht? Indem er die zurückgebliebene Weiße am Ende des Tages zusammenschaufelt und diesen Restmüll für teures Geld in den Süden exportiert.

Weisheiten in Spray auf Beton.

Manchmal würde man nicht meinen, dass die junge Generation von der vorherigen abstammt. Man müsste annehmen, es lägen mindestens drei verdorbene dazwischen.

Wenn die Erinnerung an die Jugend nicht wäre, würde man das Alter nicht verspüren. Es sollte Erinnerung vorwärts geben statt immer nur rückwärts. Dann würde man die Jugend verspüren, und nicht immer nur das Alter.

Plötzlich ist man wieder gesund – und darüber mehr erstaunt als über die Krankheit.

Paradies: jung sein, ohne kindisch zu sein.

19

Als Rentner kannst du dich nicht mehr aufs Rentenalter freuen.

Sich mit dem Feuerlöscher dem brennenden Busch nähern.

Glaubst du? – Ich glaub schon.

Der Gläubige ist ein Agnostiker, sonst müsste er nicht glauben. Sonst würde er wissen.

Engel nehmen das Leben von der leichten Seite. Darum fliegen sie.

Damit wäre der Betrug aufgedeckt: Wenn noch im Himmel erwartet würde, dass man glaubt.

Gott ist ein großes Cookie.

Frühling im Herzen und Herbst im restlichen Körper.

Im Alter wird er sich in den Nicht-Schmerz flüchten.

Wie jung man einst gewesen ist, möchte man im Alter gar nicht denken können.

Jeden Morgen beim Aufstehen zerfällt der Körper ein ganz klein wenig mehr, was aber nicht auffällt, weil ich mich an den winzigen Zerfall vom Vortag gewöhnt habe. Das ist das Sympathische am Altern: Es geschieht ganz unmerklich. So kommt über ein Leben in winzigen

Schritten der komplette Zerfall zustande – schreckenlos.

Größe zeige sich besonders im Kleinen, hat er in einer Talkshow gehört.

Wenn es eine Hoffnung gibt, dann sind es die Talkshows.

Wenn das Fernsehen ihn sehen könnte, würde es sich über ihn genauso aufregen wie er über es.

Der Hund liegt da und schenkt ihm Zeit.

Höchste Zeit für die konsequente Durchsetzung des Kabelfernsehens. Wenn Außerirdische unsere Programme empfangen können, wirft das ein schlechtes Licht auf uns.

Was ihn am Fernseher wirklich stört: dass er, wenn man ihn endlich ausgeschaltet hat, als dunkler Bildschirm weiter bestehen bleibt.

Etwas zwischen Heulen und Lachen, das sich in mir zunehmend bemerkbar macht, für das ich aber kein Wort finde. Oft mitten in der Nacht. Ich winde mich um ein Kissen und empfinde wortlos.

Eigentlich empfinde ich nie aktiv. Das Gefühl findet durch mich statt. Es wählt mich, um sich auszuleben.

Das Gefühl kommt aus einer solchen Tiefe, dass es nicht von mir stammen kann. So tief bin ich nicht.

Das Altern ist nur erträglich, weil es alle betrifft.

Im Alter wird das Gebrechen zu einer Art Gesundheit.

Gelebt zu haben genügt nicht. Nur leben genügt.

Je schöner die Frauen, desto größer seine Anstrengung, geistvoll erscheinen zu wollen. Darum geht er ihnen jetzt aus dem Weg.

Was er sich vom Alter erwartet, ist im Grunde genommen nur eins: Aufschluss darüber, was junge Frauen an alten Männern finden.

Schade, dass der Hund nicht mit dem Menschen altert. So gesehen spricht vieles für die Schildkröte.

Aufschieben. Ich könnte ganze Kongresse abhalten zu diesem Thema.

Das Alter ist die Wunde des Lebens.

Geschäftsidee: Taschentücher mit dem Knoten schon drin.

Paradies: Fernsehen, das an Qualität das eigene Leben übertrifft.

20

»Macht es Ihnen etwas aus, wenn ich das Fenster öffne?«, fragt er jene, die draußen vorbeigehen.

Das Flugzeug: eine wandernde Pause im Himmel.

Ich bewohne einen Kopf mit Aussicht auf meine Füße.

Er hat nichts gegen das Neue – nur gibt es so viel Bestehendes.

Warum muss sich das Wollen-und-nicht-Können immer um mich herum ansammeln?

Es gibt immer solche, die sagen: Das kann nicht funktionieren! Wenn es dann tatsächlich schiefgeht, dürfen sie recht haben. Er gehört zu denen, die oft auf diese Art recht haben.

Der Mann starb und hinterließ dem Hund ein Vermögen.

Etwas verstehen (aus Trotz), weil man etwas anderes nicht verstanden hat.

Ich kann es mir nicht vorstellen: ein mürrisches Entengesicht.

Das Wespenartige am Menschen: Stechen und dann nicht sterben.

Ich habe mich darauf spezialisiert, meinen Schrecken einen größeren Schwung zu geben.

Denken und Handeln – wir haben seltsame Methoden, zu merken, dass wir sind.

Ab und zu die Meinung wechseln, damit man die alte waschen kann.

Es fällt mir schwer, eine Meinung aufzugeben, ohne eine neue anzunehmen. Insofern gleichen Meinungen Beziehungen.

Ich komme mir vor wie ein Zug, der sich vorgenommen hat, aus dem Gleis zu springen, aber weiß, dass dies nur durch einen Zusammenstoß mit einem anderen möglich ist.

Ihre Augen sind schwer zu lesen. Das muss an meinen Augen liegen.

. (Der kürzeste und vielleicht aussagekräftigste Aphorismus)

Wie viel freier meine Gedanken wären, wenn ich sie nicht aufschreiben könnte.

Musik im Stall, damit die Kühe besser produzieren. Kühe im Konzertsaal, damit die Musiker besser spielen.

Ein Fisch beginnt überall gleichzeitig zu stinken.

Sonnenuntergang. Statt seines Schattens wächst plötzlich er.

Gedankengebäudeversicherung.

Es kommt mir immer wieder in den Sinn: Es bringt nichts, denselben Gedanken mehrmals zu denken!

So leben: wie ein Gestorbener, der durch ein Geschenk des Himmels für kurze Zeit zurück auf der Erde ist.

Er wird seinen eigenen kleinen privaten Untergang feiern, noch bevor die Welt zu ihrem angekündigten kommt. Er wird sich heimlich aus dem Staub sterben.

Schade, dass man sich nicht ans Gestilltwerden erinnern kann.

Wenn ich der Einzige wäre, der sterben würde, hätte ich wenigstens einen Grund, mich zu freuen.

Lieber auf die Ersatzbank statt in den Himmel.

Nichts ist die Steigerungsform des Minimalismus.

Wahrscheinlich werde ich an meinem Sternzeichen sterben.

Keine Ahnung, was mich mehr beunruhigt: die Ereignisse oder die Vorstellung davon.

Paradies: keine Wiederholungen.

21

Beim Anflug auf Zürich-Kloten, wenn die Flight Attendants von Reihe zu Reihe gehen und die letzten Plastikbecher einsammeln und die Alpenkette sich langsam aus dem Horizont erhebt, denkt er: Hoffentlich gibt es Zürich-Kloten noch. Und er denkt: Es wäre so schön, wenn Zürich-Kloten das Gleiche über ihn denken würde.

Theoretisch ist mir alles egal. Praktisch fast nichts.

Mit 41 denkt er zunehmend in Kategorien, die nur noch ihn überraschen.

Ob das Universum, bevor es stirbt und in sich zusammenfällt, auch zuerst von einer Krankheit befallen wird?

Warum die Welt noch nicht untergegangen ist? Weil wir sind. Diese Frage kann immer nur in einer noch nicht untergegangenen Welt gestellt werden.

Die Welt als Wille und Verstellung.

Wenn ich alles, was in der Welt nicht gedacht wird, auf mich versammeln könnte!

Aus dem Flugzeug betrachtet: die weißen Sandlöcher in den Golfplätzen im Design von Hans Arp. Selten hat ein Sport Kunst so vereinnahmt.

Wenn ich nicht denke, ist da nichts, ist nur mein Körper. Ich muss mich in jeder Sekunde von neuem erschaffen, indem ich etwas denke. Sobald ich aufhöre zu denken, bin ich wieder weg.

Was kümmert mich die Artenvielfalt, solange wir keine Ideenvielfalt haben.

Wenn du mich vergessen könntest, wie ich dich vergessen kann, könnte ich dich noch schneller vergessen.

Es bleibt die Verwunderung über das Unaussprechbare. Wir bemühen uns, keine Worte zu finden. Solange wir keine Worte finden, besteht die Hoffnung, dass das Unaussprechbare nicht einfach nichts ist.

Gegen Nichts etwas haben.

So viel Hoffnung hat sich noch nie gegen so viel Aussichtslosigkeit behauptet wie beim täglichen Unterfangen, den Pendenzenberg abzutragen. Manchmal wünsche ich mir, die Aussichtslosigkeit würde siegen und mir guten Gewissens erlauben, den Berg links liegenzulassen.

Als ich noch jung war, verstand ich mich als Verkörperung meiner selbst.

Kinder. Wie kann man bloß mit Zeit so um sich schmeißen.

Jetzt sitzen die Flight Attendants wie Vögel auf provisorischen Sitzchen, angegurtet und darauf bedacht, nirgendwo hinzuschauen.

Legt mich um, und ich räche mich daran, indem ich euch leben lasse.

Angesichts der grandiosen sexuellen Verklemmung ist es unbegreiflich, dass unsere Gattung überhaupt noch existiert.

Ich lege meine Problemfelder lückenlos aneinander, damit ich sie rationeller bewirtschaften kann.

Er müsste, um lachen zu können, von so viel Abschied nehmen, dass sich das Lachen nicht mehr lohnen würde.

Mit dem Käfer Mensch spielen: ihn auf den Rücken drehen und mit den Beinen im Nichts strampeln lassen.

Dass ich wach im Bett liege und wünsche, ich würde schlafen, kommt etwa zehntausendmal häufiger vor, als dass ich im Schlaf wünsche, ich würde wach im Bett liegen.

Wenn man die Vielfalt der Welt um die Hälfte reduzieren würde, bliebe noch immer genug Vielfalt übrig.

Man kann sich die Frage nach dem Sinn des Lebens gar nicht selten genug stellen.

Mit 41 war Montaigne schon längst in seinem Turm.

Die Bewegung meines Lebens gleicht der einer Fähre über einen reißenden Strom.

Lascaux: Höhlenblog.

Wohin gehst du, wenn ich gegangen bin?

Wenn ich mich jetzt gehen ließe, würde ich langsam vornüberkippen und mit dem Kopf haargenau zwischen den Schuhen auf dem Fußboden aufschlagen.

Der Vogel hockt auf dem Dach und überlegt sich, wie er am besten in die Geschichte eingeht.

Es lohnt sich nicht, um Kleinigkeiten zu streiten. Und so kommt es in meinem Leben zu keinem einzigen Streit.

Gelesen: Einer hatte seine Vermisstmeldung vor 10 Uhr morgens eingereicht, damit er sie noch am gleichen Tag im Radio hören konnte.

Groß ist einzig noch seine Liebe zum Wein.

Paradies: in der Wiederholung Neues entdecken.

22

Ankunft in Zürich-Kloten. Arme, die sich nicht nach mir ausstrecken. Nie komme ich mir einsamer vor als unmittelbar nach den Zollkontrollen.

Zurück in der Heimat – dieses Gefühl kenne ich nicht. Entweder ist jedes Ankommen auf jedem Flughafen dieser Welt ein Zurück-in-der-Heimat-Sein – oder keines.

Jedes Hinaustreten immer gleich ein Hineintreten. Man verlässt das Flugzeug und tritt in den Terminal. Man verlässt den Terminal und tritt in die Stadt. Man verlässt die Stadt und tritt in die Natur. Man stirbt und tritt ins Jenseits. Nie kommt man wirklich weg.

Wäre die Erde eine Scheibe, gäbe es keinen Jetlag.

Überall Flaggen. Schweizerkreuzigung.

Man ist zehn Stunden geflogen, aber sechzehn Stunden gealtert.

Aus Verärgerung, weil das Gepäck nicht angekommen ist, nimmt er, statt auf seines zu warten, ein anderes vom Rollband. Der Zollbeamte fragt ihn, ob er etwas zu verzollen habe. Er verneint. Man winkt ihn durch. Er ist erleichtert und weiß nicht, warum. Im Zug stellt er das fremde Gepäckstück in eine Ecke und versucht zu vergessen, dass es ein fremdes ist. In seiner Heimatstadt angekommen, hievt er es mit einem Schwung in den Kofferraum des Taxis. Erst als er im Treppenhaus seines Wohnblocks steht, fragt er sich, warum er sich die Mühe gemacht hat, ein fremdes Gepäckstück hierherzuschleppen. Wochenlang liegt es verschlossen auf seiner Polstergruppe, und beim Fernsehen legt er gern den Arm auf das verkratzte Kunstfasergewebe. An seinem Geburtstag, nicht ohne vorher eine Flasche billigen Sekt geöffnet zu haben, schließt er den Koffer auf: lauter Linoleumplattenmuster.

Endlich Schnee. Ich möchte mich so mit einer Schneeflocke identifizieren, dass es mir vorkäme, als würde die Stadt taumelnd auf mich zustürzen.

Das Schöne am Schnee ist, dass er schmilzt. So müsste vieles sein im Leben.

Kunsthaus Zürich. Ausstellung zur Landschaftsmalerei. 138 Bilder. Auf keinem einzigen regnet es.

Unbildende Kunst.

Je mehr wir uns dem Ideal nähern, desto mehr entfernen wir uns von der Wirklichkeit.

Dabei wollte ich bloß Turnschuhe kaufen. Jetzt trage ich Hightech-Ungetüme, die wie Saurier aussehen, und fühle mich meiner früheren Person überlegen.

Ein Leben lang trägt er sein Kreuz – und findet niemanden, der ihn drannageln will.

»Alles in Ordnung.« Das wäre der Zeitpunkt für meinen Selbstmord.

Was die Vögel wohl denken bei Wind?

Nirgendwo ist das Verhältnis zwischen Absicht und Umsetzung miserabler als beim Selbstmord. Im Alter werden wir zu wahren Selbstmordverhinderungsmeistern.

Ich unterstreiche meine Einzigartigkeit mit schlechterem Wein, als in meinen Kreisen getrunken wird.

Wenn du jemanden steinigst, kannst du die Steine nachher wieder gebrauchen.

Sollen die anderen über meinen Schatten springen!

Mein Leben: ein Schüttelbecher voller Szenarien. Jetzt mag ich nicht mehr schütteln.

Das Beste am Menschen ist sein Image.

Mein Gegner gleicht mir aufs Haar.

Es bräuchte eine persönliche Entleerung, bevor eine persönliche Erfüllung stattfinden könnte.

Wenn der Baum wüsste, wie viel Schwachsinn in gedruckter Form er einmal zu ertragen hat.

Der Aphorismus ist das Schlüsselloch, durch das ihr mich betrachtet.

Die Strafe kommt immer nach dem Vergehen. Hätte man die Strafe zuerst, könnte man aus dem Vergehen viel mehr herausholen.

Er zeigte sich im Sarg von seiner besten Seite.

Wenn es nichts zu sagen gibt, gibt es meistens doch etwas zu sagen.

Ich bin nur so weit, weil ich den Dingen stets aus dem Weg gegangen bin.

Dasitzen und schauen oder gehen und schauen, eingewickelt in Mantelstoff, das Knirschen auf Kies, Schritte, langsame – vielleicht die Definition eines glücklichen Tages.

Mit 41: Er schließt nichts mehr aus im Leben, aber auch nichts mehr ein.

Meine Unerwartung ist riesig.

Er geht in sich und taucht nicht mehr aus sich auf.

Zwei parallele Lebenswege kreuzen sich im Unendlichen.

Nach dem Happyend geht es weiter.